KB163540

하하…
하이고

실 키

인도에서 그림 공부를 하며 SNS에 만화를 연재하였고, 수많은 사람들이 내 마음을 들여다본 것 같은 그 작품들에 열광했다. 청춘의 웃픈 현실과 감정을 촌철살인의 유머로 그려낸 첫 책 『나 안 괜찮아』는 수많은 독자들의 공감을 끌어내며 베스트셀러에 올랐다. 현재 프랑스에서 새로운 것을 배우기 위해 도전 중이다.

www.fb.com/silkidoodle

 @silkidoodle  @silkidoodle

하하하이고

초판 1쇄 발행. 2018년 10월 20일
초판 4쇄 발행. 2022년 5월 15일

지은이. 실키
펴낸이. 조미현

편집주간. 김현림
책임편집. 김호주
디자인. 석윤이

펴낸곳. ㈜현암사
등록. 1951년 12월 24일 제10-126호
주소. 04029 서울시 마포구 동교로12안길 35
전화. 02-365-5051
팩스. 02-313-2729
전자우편. editor@hyeonamsa.com
홈페이지. www.hyeonamsa.com

ISBN 978-89-323-1944-5 02810

이 도서의 국립중앙도서관 출판시도서목록(CIP)은 서지정보유통지원시스템 홈페이지(http://seoji.nl.go.kr)와 국가자료종합목록시스템(http://www.nl.go.kr/kolisnet)에서 이용하실 수 있습니다.
(CIP제어번호 CIP2018031481)

* 책값은 뒤표지에 있습니다. 잘못된 책은 바꾸어 드립니다.

실키Silkidoodle 글·그림

현암사

들어가면서

하하하이고…

앞에선 괜찮은 모습을 보여줘야 했지만, 웃음으로 넘길 수만은 없는 일들.
그 웃음 뒤에 남은 한숨을 모아 이야기를 만들었습니다.

첫 책에서는 선입견을 주지 않기 위해 나이와 성별이 드러나지 않는 캐릭터를 설정했지만,
이번 책에서는 특정 성별과 나이 차이를 선명하게 드러내는 캐릭터가 등장합니다.
그 차이에서 오는 차별을 이야기할 수 있었던 것은 제가 어디로 가고 있고,
또 누구인지를 스스로 생각하게 해주시는 목소리들 덕분입니다.

멈추지 않고 이야기를 할 수 있도록 응원해주시는 분들,
그리고 용기를 가지고 자신의 목소리를 내주시는 모든 분들께 감사합니다.
제가 받은 용기가, 다른 누군가에게도 힘이 될 수 있기를 바랍니다.

계속 창작 활동을 할 수 있도록 제 만화를 읽어주시고 관심 가져주시는 독자님들,
하나의 이야기가 우리의 이야기가 될 수 있게 함께해주시는 모든 분들께 감사합니다.

책을 통해 이야기를 나눌 수 있게 해주신 출판사 현암사와 편집자님.
마지막으로 존경하는 엄마, 윤미영 님께.

감사합니다.

차례

PART 2 함께여도 혼자여도 68

오늘
살아내기

PART 1

아무것도 안 하고 시간낭비하네.
바쁘게 살아도 시원찮은 마당에.
쉬느라 바쁘니까 내버려둬.
SINKI

놀자!
일해야해서 못놀아.
놀지도 못하는데 일은해서뭐해?
6 3 SIWKI 17

뭘 그렇게까지 하냐?
발버둥친다고 해서 뭐가 달라질것 같아?
나까지 가만히 있었으면 우린 진작에 가라앉았어.
SIWKU

/ 뭐였더라 /

시원한 바다로
바캉스
가고 싶다...
SIWKI
18 20 7

/ 그저 스치기만 하는 것들 /

인생 날로 먹을거야!

그리고 인생은 고통이야...
W.C
SIWKI

/ 내 눈에 담긴 네가 제일 빛나 /

SILKI

20대는 아침 8시래.
겁나 힘들지.
SIWKI

/ 싫어 싫어 싫어 /

정말 너무 싫다.
동감이야.
저게 문제야?
난 관심없어.
저렇게 싫어하는 티를 내야하나?
쟤들도 똑같아.
싫어하는 티 내는걸 싫다는 티 내야 하나?
당신들은 누구세요?
저희는 싫은사람을 싫어하는걸 싫다는 티를 내는 사람이 싫다는 사람을 싫어하는 사람들이에요.
SIWKI

계획표가 규칙적이네.
근데 왜 숫자가 없어?
M
T
W
T
F
S
S
잠
쉬기
일
일
쉬기
시간이 아니라
요일 적은거야.
SIWKI

/ NO FREE NO LIFE /

SIWKI

/ 모두 잊어 /

뭘 잊었는지 모르겠어!
잊었단 걸 잊으면 돼.
SIWKI

/ 고단할 땐 눈을 감고 상상해봐 고양이를 /

SIWKI
나 이제 더는 못 먹겠어.
더 먹어야 했어...
다 먹어야 했어...

/ 아래로 보내는 위로 /

인생이 너무 힘들어, 끝없는 오르막길 같아.
뭐라고 위로해줘야 하지?
위로
위로
위로
위로
위로
위로
반대로 생각해보자.
걱정 마, 앞으로 네 미래는 내리막길일 거야.
뭐?!
SIWKI

SIWKI

건강과 시간을 돈 주고 사는 건 어때?
안 돼.
그마저도 인상되면 어떡해.
SIWKI

/ 그것마저 끊을 수는 없어 /

절대 핸드폰을 만져서는 안 돼!
SIWKI 7. 18

감정도 고이면 썩어요.
SIWKI

/ 같은 실수를 반복하지 /

바로 직전으로 돌아가고 싶어…
소원을 이루어드리죠 인간.
바록!
두 번 정도야 뭐…
직전으록!
정말 마지막이야.
돌아갈래!
인간의 욕심은 끝이 없고.
SIWKI

3 5
SIWKI 17
잠은 죽어서도 실컷 잘 수 있잖아?
침대에 눕고 싶은 거지
관에 눕고 싶진 않거든.

/ 너무 많은 상황들이 있는 까닭에 /

바다에 가서
수영이라도 해.
알고 있어, 알고 있다고…
SINKI

/ 내가 더 이상 나를 버틸 수 없다면 /

/ 내게만 간절한 일이지 /

SIWA 18 11 6

/ 내게만 문제인 게 문제 /

문제는 지난 시간 속에 있는데
나 말고 아무도 기억을 못 한다.
아무도 신경 쓰지 않지만
내게만 문제가 되는 일들
의미 없는 사과들이 쌓여
이런 일에 무뎌지는 동안
나 또한 얼마나 많은 잘못들을
잊은 채 뒤로 제쳐두고 있을까.
SINKI

여행지에서 우리가 침대를 같이 써야 하는데
크게 걱정하지 마. 나 잘 때 천사처럼 자.
나를 천국으로 보내버리려는 건가?
SIWKI

/ 아무 욕구도 없었다면 /

식욕은 있는데
요리할
의욕이 없어...
23 3
SIWKI 18

/ 버티지 못할 때 /

너무 더워서 죽을 것 같아...
버티다 보면 금방 적응하게 될거야.
나는 할수만 있다면 그냥 피하고 싶었어.
SIWKI 17
28 5

정말로 너무
힘들어서 쉬고 싶어.
뭐?
지금은 좀 곤란한데.
그래도 할 일은 끝내야지.
네가 책임져야 할
내일이 있잖아.
너무 놀랐어요.
그런 내색은 보이지 않았는데...
SIWKI

/ 할 줄 모르는 게 아니라 참아내는 거야 /

/ 익숙하지 않은 데선 못 자는데 /

/ 눈물 속에선 눈물이 흐르는 게 안 보여 /

약 먹고 쉬면 나아지는 마음의 감기라지만

날 잠시도 가만두지 않는 이들과

나아질 기미 없는 이 추위를 벗어나지도 못하는데

이곳에서 나는 나을 수 있을까?

/ 웃는 건 힘들어 /

웃는 게 뭐가 힘들어. 시키는 대로 똑같이 해.
정말 겸손한 자세야.
보기 좋네.
이렇게 늘 웃는 모습이면 좋았잖아.
SIWKI

SILKI

SILKI

/ 제시간에 자는 건 불안해 /

빠져나간 자리가 너무 깊숙이 패어 있길래
급한 대로 채워보고 맞춰보려 했는데
깎이고 깎여서 그 자리만 더 커져버렸어.
그래서 그냥 이대로 내버려두려고.
SIWKI

/ 지운 흔적도 내가 된다 /

내가 졌어!
졌으니까 제발 그만해! 이 날씨를 어떻게 이겨!
싸우자고 한 적 없는데?
SIWA 18 7.

SIWKI

/ 버티기 위해 소비되는 나 /

/ 먹구름 1 /

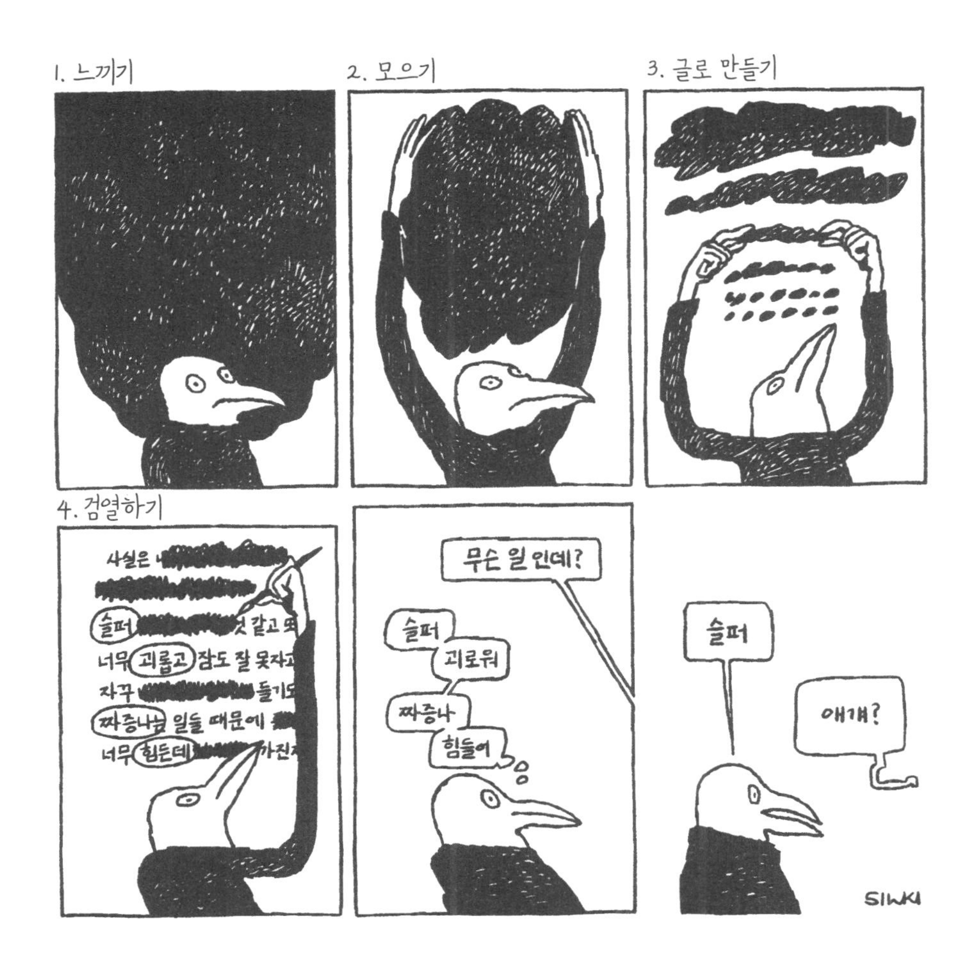
1. 느끼기
2. 모으기
3. 글로 만들기
4. 검열하기
사실은
슬퍼
것 같고
너무 괴롭고 잠도 잘 못자
자꾸
들기
짜증나는 일들 때문에
너무 힘든데
가진
무슨 일 인데?
슬퍼
괴로워
짜증나
힘들어
슬퍼
애개?
SIWKI

/ 우울이 묻을까 봐 /

너한테 갈 때마다 늘 걱정돼

뚝뚝 흘러넘치는 나의 우울이

혹시 너에게 묻지는 않을까...

SIWKI

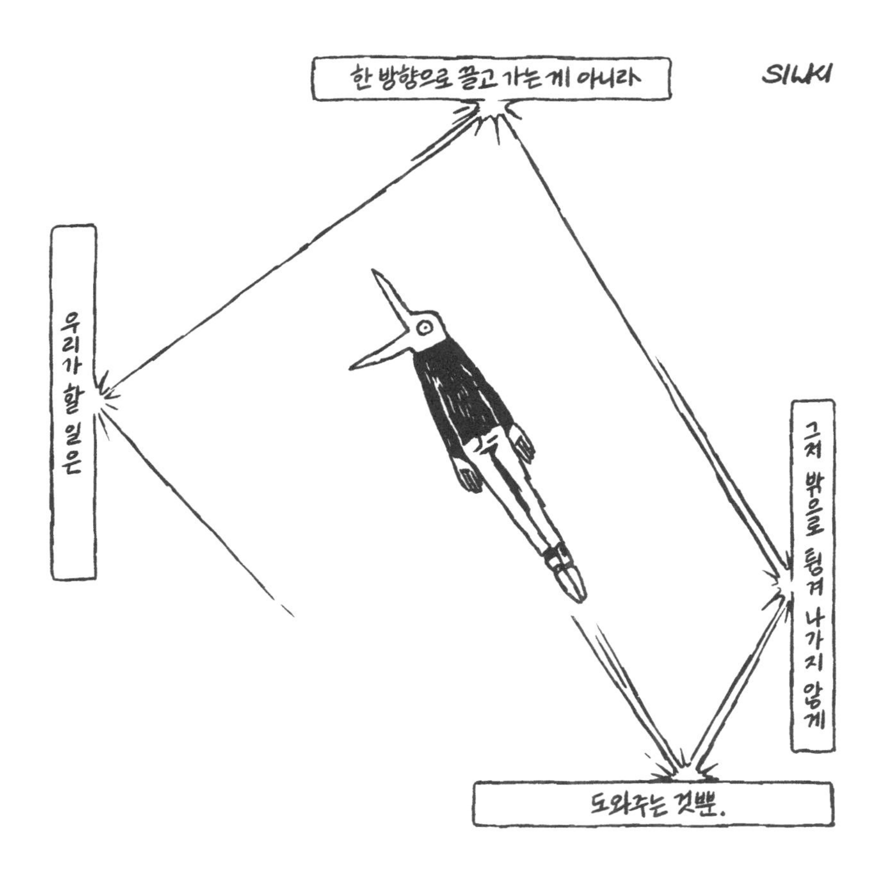
한 방향으로 끌고 가는 게 아니라
SIWKI
우리가 할 일은
그저 밖으로 튕겨 나가지 않게
도와주는 것뿐.

함께여도 혼자여도

PART 2

모두가
각자의
얘기를
하지만
모두가
대답을
원하진
않는다
하지만
난가끔
누구와
대화를
하고파
근데 그게
너는 아냐.
SILKI

/ 함께 있다고 하나는 아냐 /

왜 이해할 수 없다는 건지
당최 이해가 안 가네.
우리가 서로를 절대 이해할 수
없으리란 것만 이해될 뿐이야.
SIWKI

/ 이건 제 건데요 /

사랑스럽게 바라봐주는
너의 시선을 사랑해서
보여주는 내 사랑스러운 표정을
사랑스럽게 바라봐주는
너의 시선을 사랑해서
보여주는 내 사랑스러운 표정을
사랑스럽게 바라봐주는
너의 시선을 사랑해서
보여주는 내 사랑스러운 표정을
SIWKI

/ 한 방향뿐인 말 /

너는 내가 좋은 사람이라고 생각해?
너는 좋은 사람이야 내가 사랑하니까.
네가 더 이상 날 사랑하지 않으면?
더 이상 아무 의미도 없게 되는 거야.
그 질문도 너도
내겐 의미가 없게 되겠지.
SIWKI

/ 특별하다고 여기고 싶어 하는 것만큼은 진짜겠지 /

너는 정말 특별해.
모든 건 다 가짜야.
SILKI

SIWKI
나는
재는
대체 언제 가지?

19 1
SIWKI 18
바닥에 머리카락이 왜 이렇게 많아?
나와 고양이의 유일한 공통점이지.

네 애정 어린 시선 속에서
띠링-!
더 귀여워지는 나!
왔어?
SIWKI

우리 만나서 뭐하지? 보고 싶다.
보고 싶지. 근데 만나서 뭐하게?
SILKI

사랑해
줘
SIWKI

/ 말 말고 마음을 보여줘 /

/ 신경 안 쓰려고 신경 쓰기 /

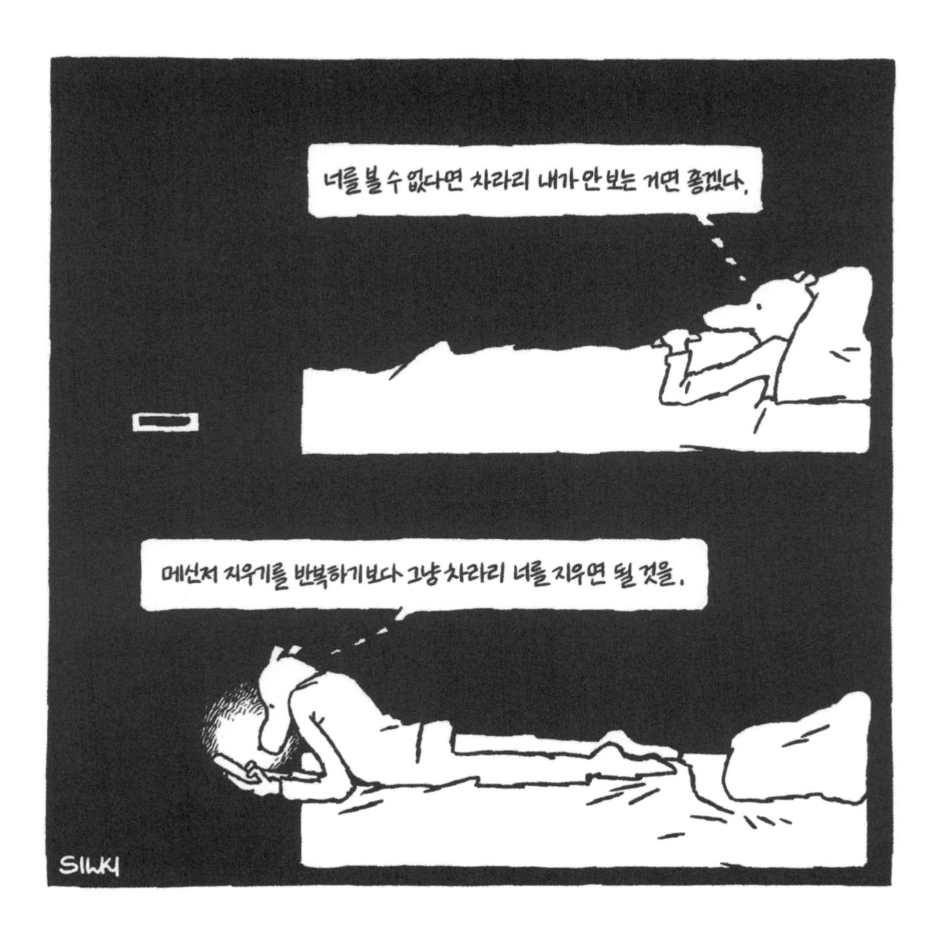
너를 볼 수 없다면 차라리 내가 안 보는 거면 좋겠다.
메신저 지우기를 반복하기보다 그냥 차라리 너를 지우면 될 것을.
SIWKI

네가 말하는 나도 나야.
근데 그게 다는 아니야.
SINKI

/ 네 심장의 3.14퍼센트 /

넌 내 심장에서 가장 큰 부분을 차지해.
제일 중요한 너에게 가장 큰 파이를 줄게.
가장 큰 조각이라고? 그럼 나머지는?
SIWKI
가족
친구
동료
...
그래도 네가
제일 큰 조각이야.
전체에 비하면
턱없이 작구나...

말안 하면
네가 속상한 걸 어떻게 알아?
내 마음 알잖아.
왜 그걸 몰라주니?
말안 하면
네 마음을 어떻게 알아?
왜 그걸 말안 하니?
내 마음 모르지?
SIWKI

/ 말은 그렇게 하면서도 /

SIWKI
힘들어하는 친구에게 도움이 되고 싶어. 뭐라고 해야 할까?
그 친구는 어디 있죠?
그 친구는 뭘 좋아하죠?
그 친구는 어떤 상태죠?
그 친구는 뭘 싫어하죠?
그 친구에 대해 알려주세요!
개인정보는 알려줄 수 없어.
알지 못해선 드릴 수 있는 답이 없어요.
그래도 대답해줘.
그 친구가 원하는 걸 말하길 원할 때까지 기다려주세요.
제가 당신을 늘 기다리는 것처럼요 '친구'.

/ 본 대로 했을 뿐인데 /

내 돈이고 내 우산이야.
내게 복종해, 나를 존경해.
싫으면 나가!
자기 무기가 소용없어지면 그때는 어쩌려고 저러지?
원해서 네 곁에 머무를 사람은 아무도 없을 거다.
가족이 어떻게 그러니?
넌 내게 어떻게 굴었니?
내 우산밑으로 들어오려면 어떻게 해야 하는지 잘 알지?

문제가 뭐지?
나한테 문제가 있나?
내가 문제인가?
나는 문제가 없어!
나는 문제가 없어!
나는 문제가 없어!
뭐가 문제 같니?
나는 문제가 없다니까!
그렇게만 생각하는 네가 문제구나 네가.

/ 무른 사이 /

SIWKU
나도 저렇게 뜨거운 연애 하고 싶어. 진짜 서로 온 힘 다해 좋아하는 연애.
눈에서 물 짜는 연애 말고 진짜 불타는 사랑 같은 거.
너 연애 안 한 지 오래되지 않았어? 안 외로워?
내가 말 안 했나?
난 연애할 때 더 외로웠어.

/ 말문과 마음의 문은 달라요 /

문 닫지 마! 대화를 해야지!
이리 와!

마음의 문은 닫으면 되지.

SIWKI

/ 성실한 나 /

다 잊고 더이상 궁금해하지도 않을 거야.
걔는 잘사나
연락해볼까.
연락처 다 지우고 SNS도 끊을 거야.
내가 찌질해지지 않도록
준비성이 참 철저했구나.
SIWKI

타박
타박
타박
타박
타박
타박
타박
타박
타박
타박
타박
타박
타박
타박
타박 좀 그만해...
SIWKI

/ 외출하나 마나 /

난 이제 술을 일어날게.
사람들 속에 있으면 외롭지도 않고
그러니까 자주 나와 힘도 얻어 가고.
우린 늘 여기 있으니까.
또 연락할게.
SIWKI

SILKI

/ 이것만 없으면 되는가 /

내가 주저하는 이유는 거절의 경험들이
계속 겹쳐서 시야가 흐려졌기 때문이야.

하지만 계속 이 짙음을 넘으려 노력하겠지.

내 힘이 다할 때까지 내 마음이 더 닿을 때까지.

우리가 서로를 찾을 때까지.

/ 들린다 다 들려 /

SIWKI
진짜 오랜만이다.
그러게.
그동안 잘 지냈어?
응 잘 지냈지 너는?
요즘 뭐하고 살아?
학교는?
직장은?
애인은?
그럼 그거는
그럼 돈은
그럼 연애는?
잠깐만
나 이력서는 안 가져왔는데.

/ 일단 자자 /

내게 상처 줬던 사람들
내가 상처 줬던 사람들
그들은 뭐하고 있을까?
이 시간에? 자고 있겠지 ...
SIWKI

/ 너무 아픈 안전장치 /

이런다고 도움이 되니?
도움은 안 되지만 의지는 돼.
SIUM

/ 안녕을 위한 안녕 /

안녕.
안녕.
늘 같이 있을 순 없단 걸 알지만
같은방향으로 가면 좋을 텐데.
이렇게 또 따로 또 같이 가자.
또 우연처럼 운명처럼 만나.
SIWKI

왜 우리가 서로를 사랑하는 게
서로의 약점이 되는 걸까.
그 사람은 왜 우리를 옥죄는 걸까?
그 사람 왔어, 빨리 끊어야겠다.
나구나 발목을 잡는게.
우리는 다 같은 가족인데
왜 이리도 야멸찬 거지.
우리를 사랑하지 않기 때문이야.
혹시라도 우리가 같은
생각은 하지 않기를...
SIWKI 17 2 5

/ 나 혼자만 노력해서 될 일인가 /

완벽한 하이파이브를 위해 반평생을 바쳤다.

대체 왜그래! 그만해!
깜짝놀랐지-!!!
장난이었어!!
깜짝이벤트인 줄 상상도 못 했지?
안심한 모습 좀봐!!
행복하게 만들어주려는
상상은 할 줄 모르나..?
SIHKI 17 11 1

/ 누가 원할 때만 /

내 말 좀 들어줘!
내 맘을 알아줘!
벌써 이렇게 컸나?
우리 너무 대화가 없지 않니?
내가 말 걸었을 때는 대답도 안 해주더니.
내가 그래서 이렇게 시도하잖아.
나처럼 좌절도 해봐.

타인에 대한 마음을 빠르게
접으려면 어떻게 해야 할까?

그 사람이 모든걸 다해결해줄 거라고 착각해봐.
SIWKI

혼자 있기 싫어어어...
SIWKI
혼자 있고 싶어...
왜 아무도 자리를 안 떠나지?

사람은 안 바뀌지.
내 옆에 있을 사람은 바뀌지.
SIWX

우리는 모르는 사이가
그렇게 서로를
되기 위해
오래 알아왔나.
SIWKI

/ 우리에서 벗어난 우리 /

/ 잊혀질 기억의 기록도 없애기 /

밥은 먹고 잠은 잘 잤나요.
그러기 쉽지 않다는 걸 알
고 있지만 나는 그냥, 어
떻게 당신에게 힘이 될지
몰라서
SIWKI

비정상
속
비정상들

PART 3

나도 이 나이는 처음인데
네가 이해 좀 해주라.
내가 널 이해하는 게 더 쉬울까
네가 날 이해하는 게 더 빠를까?
SIWKI

/ 비정상 속 비정상들 /

자기가 먹은 거 치우지도 못해?
늦게까지 일하느라 피곤한 걸 거야.
너만 일해? 나도 일해!
집안일이 익숙하지 않은 거야.
난 뭐 처음부터 잘했나?
이해심을 가지고 넘어가 줘야지.
왜 난 늘 이해를 하는 쪽이지?
SINKI

/ 결과가 좋다고 과정도 좋을까 /

너는 쉽게 얻었잖아.

/ 그 오만은 동물의 본능이니 /

이런 법이 어디 있어!
글쎄, 그런 법이 있네.
무죄!
우린 계속 이래야 해?
그랬던 적도 없어.
우린 계속 이래도 돼!
저는 잘못한 적이 없다는 거야? 그 오랜 시간 동안 단 한 번도?
있어도 늘 이랬었어.
규칙이 그렇고 규칙을 따라야 해 규칙을 바꾸는 건 무척 어려워.
네가 불편하다고 느꼈으면 진작 얘기가 되었겠지.
18 SIWKI
15 8

/ 나는 안 도와줄 동아줄 /

동아줄이다!!
!
신고하면 되는 걸
미련하게 굴기는.
나도!!
그 정도로는 도와줄 수 없어요.
왜?
나는?
SIKU

/ 누가 내 다큐를 예능으로 받아들여 /

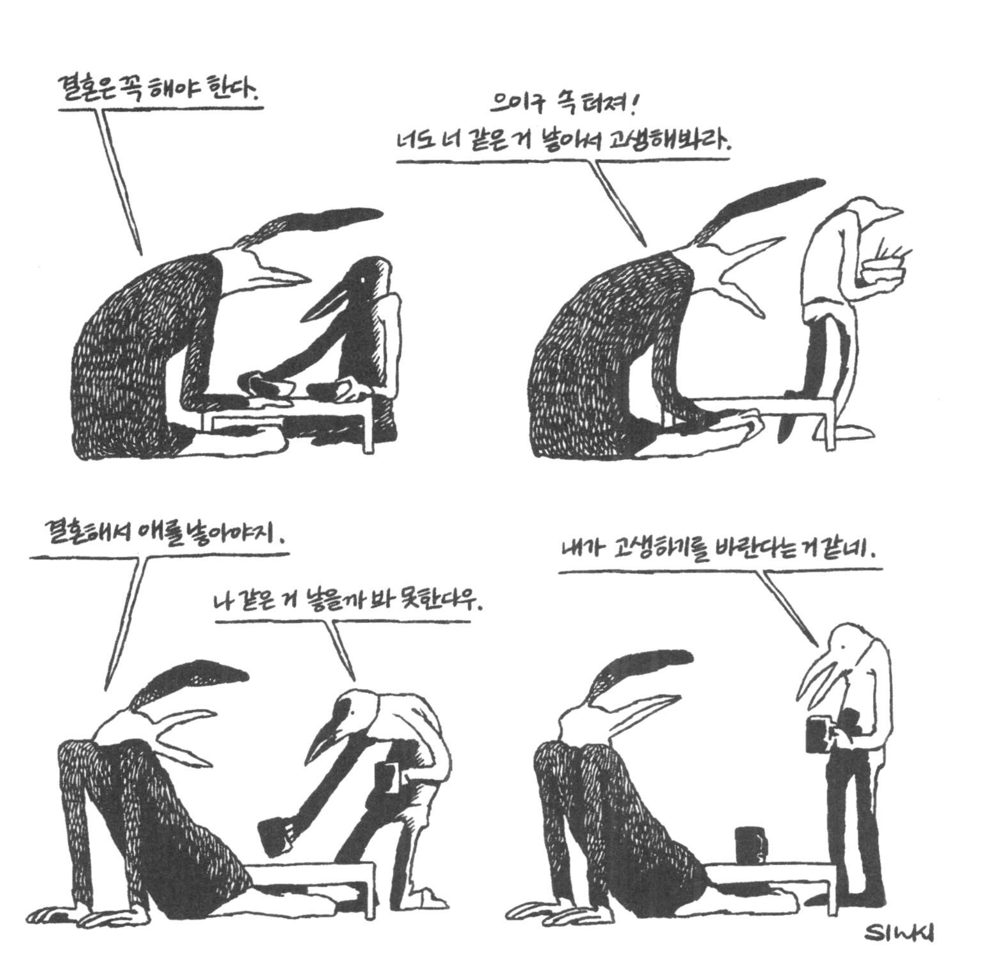
결혼은 꼭 해야 한다.
으이구 속 터져!
너도 너 같은 거 낳아서 고생해봐라.
결혼해서 애를 낳아야지.
나 같은 거 낳을까 봐 못한다우.
내가 고생하기를 바란다는 거 같네.

/ 부당한 게 보이는걸 /

이제 잘 보여?
같은 세상이 달라 보이네.
흉흉하고 흉한 게 많네.
그만 써도 돼.
알고선 그전으로 돌아갈 수 없어.

/ 닭과 수탉 /

SIWKI
닭
닭
닭
닭
수탉
닭이라고 불러주세요! 성별로만 규정짓지 마시구요!
수탉을 수탉이라고 부르지 뭐라고 해?
그렇다고 수탉이 아닌 건 아니잖아.
냅둬
외로워서 그래.
수탉도 닭이라구요!
틀린 말은 아니지.

파이를 구웠구나. 내가 정말 파이를 맛있게 굽는데
나중에 내 요리를 먹어보면 진정한 파이를 알게 될 거야.
내일 저녁에 내가 파이를 구울 거니까
밥 먹지 말고 와. 알았지?
넌 정말 최고의 파이를 먹게 될 거야!
정말 훌륭한 파이를 먹게 될 수
있었는데 정말 아쉽다
내가 파이는 정말 기막히게 굽거든!
SINKI

/ 공평할 수만 있다면 /

우리 셋이 절충점을 찾아야 하는데.
싫어.
싫어.
이건 어때?
저건 어때?
싫어.
싫어.
공평하게 우리 모두
싫어하는 것을 하자.
그래.
그래.
SIWKI

그랬잖아! 그랬잖아!
하하, 내가 언제 그랬다고 그래~
둘이 싸우나 보네.
왜 사람들 앞에서만 착한 척해!
무슨 소린지 모르겠네
일방적이네.
정말 심하네.
하하하.
참, 사람 좋아 보이는데.
...너 아까 뭐라 그랬어.
SIWKI

예상 못한 게 튀어나올까 봐 무서워.
알 수 있다면 대비라도 할 텐데.

/ 예상을 뛰어넘는 광기들로 가득해 /

/ 정의 /

닭이 아닌 암탉은 이쪽 줄로 가주시길 바랍니다.
뭐야 여자들은 좋겠네.
여자로 살기 참 쉽네.
거기 이쁜이 좀 웃으라구!
이거 차별 아니냐.
수고하십니다.
괜찮아요 선생님 당신이 그럴의도가 없었다는 걸 압니다.
부끄러운 줄이나 아세요, 당신은 살인을 한 거나 마찬가지입니다.
SILKI
FREE PASS
정의는 살아있습니다.

사람들은 쉽게 안 바뀌는데 뭐. 백 년쯤 지나야 세상이 바뀔걸?
너같이 생각하는 사람들이 모두 사라지면?
SIWKI

/ 의도보다는 행동 /

좋은의도로 한 거였어!
좋은의도든 나쁜의도든
하지 말란 건 하지 말라고.
24 7
SIWKI 18

/ 자기만 비극인 독백 /

큰 고통과 시련 속에 있습니다.
도저히 기억이 나지 않습니다만
내겐 순정이고 사랑이었습니다.
그러나 이것은 모두 나의 책임입니다.
마침내 이 내가 무릎 꿇고 고백합니다.
이것은 나의, 비극입니다.
컷!
수고하셨습니다!
와, 넌 손으로 직접 썼어?
글은 아니어도 글자 만큼은...
또 안 받네?
넌 누군지 알아냈어?
난 아직 못 찾았는데.
다음 번호 준비하세요!
SIWKI 18
1 3

내가 빨리 며느리 데려올게, 그땐 엄마도 좀 쉬어.
니네 아빠도 제 엄마한테 그랬다더라.
자기가 하겠다는 생각은 조금도 안 하지?
SIWKI

/ 아이라고요 /

너희는 수평아리잖아? 이쪽으로 오너라.
큰 볏을 달아야 한단다.
이렇게 늘 수탉다워야지.
목소리는 크고 우렁차야지?
빽
이게 무슨 짓입니까! 이제 겨우 병아리인 애들에게!
이상하잖아!
왜그래 멋있기만 하구만.
SIWKI

야!
깜짝이야!
왜 이렇게 폭력적이야.
내가 몇 번이고 말했는데
네가 무시했잖아.
좀 기다려! 나중에 나중에
비켜.
비켜.
비켜.
야! 저리 비키라고!!
갑자기 왜 이래!
좋게 말할 때 안 들을 거면
좋은 사람도 바라지 마라.
SIWKI

실제 상황에선 왜
한마디도 못 했냐고?
STOP!
다음 페이지가 두려워서.
내 삶은 만화처럼
네 컷에서 끝나지 않으니까.

왜 그렇게 행동해?
내가 표현이 서투르잖아. 네가 이해를 좀 해줘야지.
그것도 서툴러서 못 하겠다고 하면 할 줄 아는 게 있냐?
이쁘게 말해! 이쁘게!
그렇게 말하면 내가 들어주고 싶겠냐?
내가 표현이 서툴러서 그래 서툴러서.
네가 먼저 이쁘게 말해봐 이쁘게.
SIWKI

프리 사이즈라며
얼마나 잘난 사람이 규정 지은 자유인지.
SIWKI

/ 자유 같지도 않은 자유 /

/ 나의 존재를 묻으려는 네게 미래가 있을까 /

SIWKI
뭘 그런 거 가지고 스트레스 받고 그래.
뭘 이런 거까지 스트레스 주고 그래.

/ 허락받는 분노 /

뭐야 왜 저런 말을하지?
진짜 이건 좀 아닌 거 같아.
내가 화내도 되는 상황이야, 이게?
응
아무리 생각해도 이해할 수가 없네.
진짜 그건 좀 아닌거 같애
네가 화내도 되는 사람이야, 내가?
뭐야 왜 저런 말을하지?
SIWKI

그때 기억나시죠. 저한테
라고 하셨을때 저는 정말
그 얘긴 그만 좀 해라.
그때 기억나시죠. 저한
라고 하셨을때.
넌 왜 자꾸
지난 얘기를 꺼내니
현재를 살아야지.
그때 기억나시죠. 저한테
라고 하셨을때
왜 혼자 마침표를 찍으세요.
그때 기억나시죠. 저한테
라고 하셨을때, 정말 괴롭고
저한테는 단 한 번도
끝난 적 없는 일이었다니까요.
SIWKI

/ 힘을 다 쓰면 내일은 어쩌게 /

못 할 때는 확실하게 거절해야 해.
못 해. 대화가 안 통하는 사람이라.
넌 말이라도 '네 알겠습니다' 라고 하면 덧나니?
나중에 못 한다고 하는 것보다 지금 말하는 게 낫잖아. 내가 거짓말하길 바라?
예의가 없잖아 예의가.
SIWAI
우리가 생각하는 예의가 너무 다르네.

내가 젊었을 때는 말이다
내가 젊었을 때와는 세상이 달랐겠지요.

/ 말해봤자 뭐합니까 /

/ 의지도 잃고 사람도 잃고 /

나이가 많아서 그런지 성격 때문인지 본인의 잘못을 아무도 말 안 해주나봐.
그래서 저렇게 막 나가나?
더 이상 못 참겠네. 내가 말해야겠어.
그때 실수하셨어요!
듣기 싫어!

뭘 굳이 욕먹으면서 가르쳐주니. 알아들으려는 의지도 없나 본데.
생각해줄 필요 없어.
그냥 우리가 떠나자.
왜 내 주변에는 아무도 없지..?
외롭고 가엾은 나...
SIWKI

HAHA
HA HA HAHA
HA
HA..

/ 순수하네 /

걱정 마 대부분의 사람들은 너한테 관심 없어.
남한테 관심 많은 그 몇 명이 나를 괴롭힌다니까.
SIWKI

SINKI
네가 틀린 거야.
무슨 소릴 하는 거야.
그렇게 인정받고 싶다면서
자기 실수는 왜 인정을 안 해.
아니야 틀리지 않았어.
난 틀리지 않았어!!
멍청한 채로 남는 것이
낫다고 생각하나 보네.
자기 잘못을 인정하는 게
자신을 부정하는 건 줄 아나.
내인생은 틀리지않았어어!!

술술 한계다
아 진짜! 하지 마!
요즘 왜 이렇게 예민해?
자기 감정 하나 조절 못 해?
내가 하지 말라고
몇 번이나 말했냐!
이젠 정말 한계다
18.7 SIWKI

나는
내가
누군지도
모르겠어

PART 4

해야 할 일 리스트
공부하기
운동하기
일찍 일어나기
채소 먹기
해야 할 일 리스트
공부하지 않기
운동하지 않기
일찍 일어나지 않기
채소 먹지 않기
SIWKI

정말 자리가 왜 이렇게 안 나지
자리 구하는 게 너무 어렵네...
그래도 될 사람은 다 돼.
그래. 그게 내가 아닐 뿐.

하는 일은 잘돼가니?
하는 일은 엉망진창이 돼가고 있지만
최선을 다하고 있습니다.
응원도 격려도 받을 마음의 준비도
그에 대한 감사표현 할 여유도 없어요.
SIWKI

/ 기대를 낮추면 편해져 /

뭘 하고 싶은지는 알지만
어떻게 하는지 모르겠어.
어떻게 하는지는 알지만
뭘 하고 싶은지 모르겠어.
뭘 해야 할지 어떻게 해야 하는지 알고는 있지만
왜 해야 하는지 모르겠어.
SIWKI

/ 너 그거 아니 아니 아니 /

DO YOU KNOW
NO

/ 나를 설득하는 게 제일 어려워 /

10대가 좋았지.
0대 때로 돌아가고 싶어.
애기 때가 좋았는데.
그 세계가 전부이던 시절이 있었지.
너라고 사는 게 쉽겠냐.
SIWKI

/ 늘 미래를 생각하지 /

좋아하는 일인데 이 정도면 되지?
싫어하는 일이라고 하면 많이 준다니?
SIWOO

/ 할 수 있는 게 뭔지 모르겠어 /

뭔가 허전해.
DEVOIR
이제 좀 낫군.
SINKI

/ JOB생각 대신 잡생각 /

다른 생각을 많이 해야
내 미래 생각을 안 하지.
SIWKI

/ 피는 쉬지 않고 흐르고 있어 /

코끼리를
냉장고에
넣는 방법
문제의 원인이 뭡니까.
코끼리가 냉장고보다 큽니다.
그나마 다행이다. 원인을 알면
문제의 반은 해결이 된다잖아요.
반이나 해결됐네!
반밖에 안 된 거지.
나머지 반이 해결 안 되면
그건 풀지 못한 문제인 거야.
답없는 문제를 어떻게 풀겠냐…
SIWKI

/ 이제 맘껏 기뻐하려 해도 /

그때는 꼭 맞았다고 생각했던 것들이
지금은 그렇게 아닐 수가 없다.
SIWKI

/ 우리 미래의 밝기 1 /

/ 우리 미래의 밝기 2 /

/ TURN OFF THE NIGHT /

어떡해! 이 길이 막히다니!
나는 이 길로만 달려왔는데
다른 길은 생각도 한 적 없어!
이 길이 목적지는 아니잖아.
빠르게 두 번째 길로 가면 돼.
두 번째 길이든 세 번째 길이든 우리가 향하는 곳은 변치 않아.
SIWKI

/ 잘 알지도 못한다면 /

처음엔 기분이 좋지.
안 좋은 기억이 없잖아 아직은.
SIWKU

/ 나의 그때는 지금이야 /

28 2
SIWKI 17
참 세상 좋아졌다.
나 때 얼마나 힘들었는지 모르지?
나아진 게 있긴 해서 다행이네.
근데 모든 게 좋아지기만 한 건 아냐.
넌 지금의 내가 얼마나 힘든진 알아?
보고 싶은 쪽만 보는 거 아니야?

난 정말 실수투성이야.
좀 실수할 수도 있지!
SIWM

/ 비교하면 비교당해 /

왜 나한테만 그래! 어른인데 엄청 게으르면서!
걔는 원래 으른 되면 게을러지는 거야
개
으른
SIWKI 18
2 3

/ 아무리 하얗게 칠해도 새까만 그림자 /

SIWKI
오!
자세만 좋아져도
건강이 좋아지네.
허리를 계속 펴야겠네.

나 어떻게 보여?
내 눈에 이렇게 보이긴 하는데.
거울 속 있는 그대로를 봐.
나는 나를 단 한번도 제대로 본적이 없어서.
SIUKI

/ 얕은 깊이 /

벚꽃이 지네.
여름이 이겨서 그래.
SIWKI

/ 나는 내게 힘을 줘 /

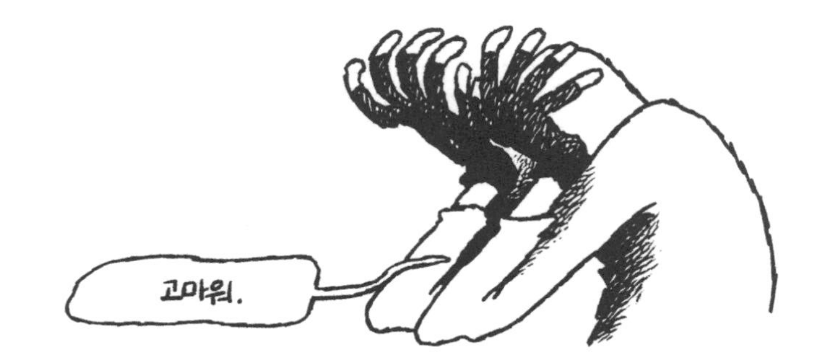

SIWKI

/ 내가 내 발목을 잡네 /

이대로는 될 수가 없잖아.
SIWAKI

/ 어린 어른이 /

원래 나이 먹으면 살 빠진다잖아.
생기도 빠져나간단 말은 왜 안 해주는 거야.
SIWKI

/ 내가 너희를 기억할게 /

이 성을 만들기 위해 정말 노력했는데.
깃발을 만들고
돈을 모아 양동이를 사고
멋진 조개와 불가사리 장식을 찾아다니고
결과가 안 좋으면 내 작은 성공들이
모두 부정당할까 봐 너무 두려워.
너희는 내게 여전히 이렇게 소중한걸.
너와 있어
우린 기뻐
고마워
사랑해
SIWKI

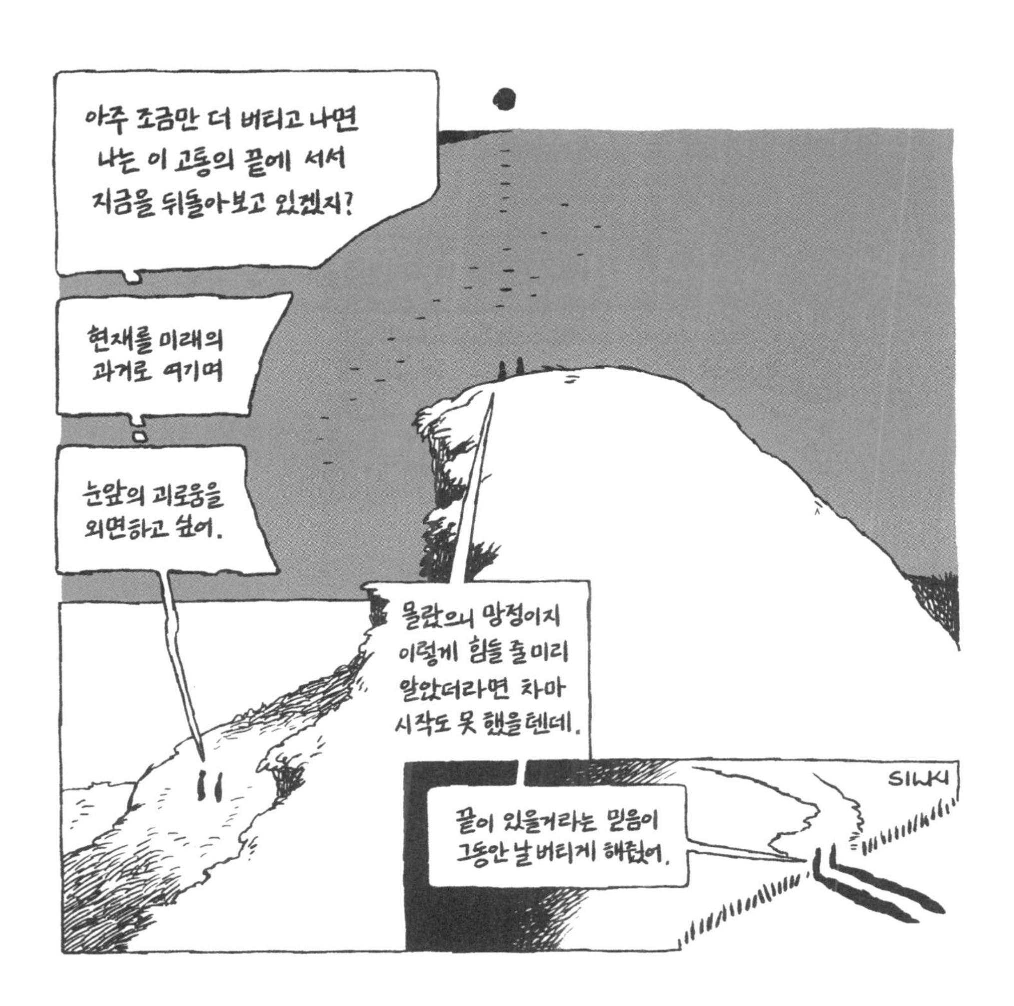
아주 조금만 더 버티고 나면
나는 이 고통의 끝에 서서
지금을 뒤돌아보고 있겠지?
현재를 미래의
과거로 여기며
눈앞의 괴로움을
외면하고 싶어.
물론 일종의 망정이지
이렇게 힘들 줄 미리
알았더라면 차마
시작도 못 했을 텐데.
끝이 있을거라는 믿음이
그동안 날 버티게 해줬어.
SIWKI

/ 행복도 짐이야 /

지칠수록 나는 무언가를 들고 가길 포기한다.

함께였으면 행복할 텐데.

나는 책임감을 가질 여유가 없어.

책임감을 선택할 여유도 없어.

넌 나중에 뭐가 되고 싶니?
바다 가면 물고기
하늘로 가면 참새
산으로 가면 토끼.
아니 네가 하고 싶은 게 뭐냐고.
어떻게 꿈을 미리 정해.
내가 어디로 가게 될 줄 알고.
SIWKI

/ 가장 두려운 건 예전의 나 /

바뀔 수 있어 나아질 수 있어.
내일은 바뀔 수 있지만 어제는 바꿀 수 없잖아.
그때의 나는 그대로 잖아.
나는 그게
그렇게나 무서워.
SIWOO 18 30 1

신기하다.
나는 그런 생각 한 번도 안 해봤어.
이거 봐, 세상은 이렇게 빛나고 다채로워!
색이라니 신기하다.
그런 게 있구나.
SIWOO

/ 내 인생의 주인공 /

힘내자아아아! 행복하자아아아아!!
SILKI

HA HA HA
HA
HA HA HA HA HA HAHA
HA
HA HA HA HA
HA..